NO SECRETS IN THIS BUSINESS

Teil 1

KEI KANAI

Inhalt

SECRET. 1
EIN LICHT-STRAHL...
... FUNKELND...
... FLACKERND...
... DANN REGNEN SIE HERAB...
... DIE BLÜTEN AUS FEUER.

NO SECRETS IN THIS BUSINESS
SECRET. 1
DINER&CAFE

D.BUG
NEW ALBUM「SPARKS」
D.BUG
「SPARKS」
NEW!!!
SPARKS
SPARKS
DAS NEUE ALBUM IST DIREKT AUF PLATZ EINS EINGESTIEGEN!
MATSUNAGA-SAN HAT MIR EINE NACHRICHT GESCHICKT!

GENIAL!
GUTEN TAG, LEUTE!
ICH HEISSE YORI KASHII, BIN 21 …
… UND LEADER EINER BOYGROUP.
D-BUG

IN DER GRUPPE VERKÖRPERE ICH EINEN STOISCHEN...
... COOLEN CHARACTER, ABER...
RUTSCH
RUTSCH
RUTSCH
HEY, WAS MEINST DU?
OB DER PRÄSIDENT MIR ZUR BELOHNUNG ETWAS KAUFT...
... WENN ICH IHN GANZ LIEB DARUM BITTE?
FLÄZ
... NA JA, WENN ICH FREI HABE, KANN MAN MIR MEINES ERACHTENS AUCH MAL WAS DURCHGEHEN LASSEN.
WAS IST LOS, YORI? NORMALERWEISE KÜMMERST DU DICH DOCH GAR NICHT UM DIE CHARTS!
WÜNSCHST DU DIR WAS BESTIMMTES?
UNGEWÖHNLICH!

DAS IST HARUTO MIKURA-SAN.
ER IST UNSER EHEMALIGER MANAGER...
... UND GEGENWÄRTIG LEITER DER PRESSEABTEILUNG.
DU HÄNGST DOCH NICHT SONDERLICH AN MATERIELLEN DINGEN...
FINDEST DU?
JA, FINDE ICH.
KICHER
KICHER
UND...
WAS ES FÜR MICH ALS DEIN FREUND NICHT GANZ LEICHT MACHT.
... SEIT NEUESTEM MEIN GELIEBTER.
WIR SIND ERST SEIT DREI MONATEN ZUSAMMEN...

ÜBRIGENS, UM WAS ...
... WILLST DU DEN BOSS ÜBERHAUPT BITTEN?
HIHIHI...
TJA...
ICH WILL EINEN FIRMENEIGENEN HELIKOPTER!
TADAAA!
BLUE FOX entertainment
BLAMM
TJA, ER WIRD WOHL KAUM EINFACH SAGEN: KLAR, KAUFE ICH DIR!
ABER WÄRE ES NICHT PRAKTISCH, WENN WIR EINEN HÄTTEN? WENIGSTENS EINEN EINZIGEN?!
MAN KOMMT SCHNELL VON ORT ZU ORT UND STAUS GIBT ES AUCH KEINE!
MAN KÖNNTE SO AUCH DEN PAPARAZZI AUS DEM WEG GEHEN...
HM?
KNISTER
WAS IST DENN DAS?

パラ…
FLAPP
GROSSES FEUERWERK AM SOMMERABEND
24. AUGUST (SA)
19.30-20.30
... UND DIE ANGESTELLTEN KÖNNTEN IHN HIN UND WIEDER FÜR AUSFLÜGE BENUTZEN...
EIN FEUERWERK-VERGNÜGUNGSFLUG MIT DEM HELIKOPTER!
COOL, ODER?
MIT ANDEREN WORTEN, DU MÖCHTEST DAS FEUERWERK SEHEN?
はーあ
SEUFZ
NA JA, FÜR MICH IST ES SCHLIESSLICH UNMÖGLICH...
... ZU EINEM FEUERWERK ZU GEHEN, WO ALLES VOLLER MEN-SCHEN IST!

ICH KANN ZWAR WEDER MIT DIR ZUM FEUERWERK GEHEN…
… NOCH DICH MIT DEM HELIKOPTER HERUMFLIEGEN, ABER…
… ICH KANN DIR EINEN LOGENPLATZ BESORGEN, VON DEM AUS DU DAS FEUERWERK ANSCHAUEN KANNST!
WO?!
HIER.
MEIN WOHNZIMMER.
VON HIER AUS HAT MAN EINEN TOLLEN BLICK.
ODER IST DIR DAS ZU SCHLICHT?
MAN KANN ES SEHEN? VON HIER AUS?
JA.

YA...
... AAAAAY!!
ICH FREUE MICH WAHNSINNIG!
ICH HAB DOCH GAR NICHTS GEMACHT...
DANKE, MIKURA-SAN!
DOCH! ICH BIN SO GLÜCKLICH!

MH
MH
DAS FÜHLT SICH SO GUT AN...
MH
MH
MIKURA-SANS ZUNGE...
... SCHMIEGT SICH AN MEINE...
... UND LIEBKOST SIE...
DADURCH ENTSTEHT TIEF IN MEINEM BAUCH...

... VOR LAUTER LUST UND AUFGE-WÜHLTHEIT... EIN FESTER...
... KNO-TEN AUS VERLAN-GEN...
GNH
... UND ICH WILL IHN...
... NOCH VIEL...
... VIEL...
... TIEFER IN MIR!
DU...
WOLLEN WIR ES...
... EINFACH TUN?

BITTE...
KOMM SCHON, YORI...
DIESER TON BRINGT AUCH NICHTS!
DU MUSST DOCH MORGEN ARBEITEN.
DU BIST GEMEIN!!

MIKURA-SAN IST ERWACH-SENER.
ICH BIN SAUER!
ぽすん
PONK
ER SAGT DAS, WEIL ES MEINEN KÖRPER STRAPAZIERT, ABER...
... ICH BIN JA SCHON DRAN GE-WÖHNT...
ER IST VERNÜNFTIG...
... RATIONAL...
... GELASSEN...
DAS MÜSSTE ER EIGENTLICH BEIM SEX AUCH SCHON GEMERKT HABEN.
... NERVIG.
... UND MANCHMAL UNHEIMLICH...
ABER ICH WILL NICHT, DASS ER DENKT, ICH NÄHME MEINE ARBEIT NICHT ERNST.
NA GUT...
BIS ZUM NÄCHSTEN FREIEN TAG BEGNÜGE ICH MICH MIT KUSCHELN.

WEIL ICH MICH SO AUF DAS FEUERWERK FREUE...
... KANN ICH MICH ZUSAMMENREISSEN. HACH, BIN ICH BRAV!
JA...
... SEHR BRAV!
EINIGE TAGE SPÄTER...
SCHNIEF

HAB NEN JOB REINBEKOMMEN…
…
しょぼーん
TODTRAURIG
DA KANN MAN NICHTS MACHEN.
JOB IST JOB.
ICH WEISS…
ABER ICH HAB MICH SO AUF DAS FEUERWERK GEFREUT…
JA.
ICH BIN SICHER, ZU MATSUNAGA HAT ER LÄCHELND GESAGT…
…KEI… PRO BLEM!
ÜBER- …AUPT…

NA GUT, WENN DAS SO IST, DANN ARBEITE ICH AUCH.
WAS? DU SIEHST DIR DAS FEUERWERK NICHT AN?
HAST DU DICH NICHT DRAUF GEFREUT?
HM?!
WAS BRINGT ES MIR DENN, ES ALLEIN ANZU-SCHAUEN?
ES WAR DOCH NUR, WEIL DU ES UNBEDINGT SEHEN WOLLTEST, MIR IST DAS EIGENTLICH…
VERDAMMT!
FETTNÄPF-CHEN…
GANZ GENAU, ES LIEGT AN MIR!
ICH BIN VERWÖHNT!
SO IST ES IMMER!
ICH BIN DER, DER AUSGEHEN WILL!
ICH BIN DER, DER SEX HABEN WILL!
PSSST
HE, WIR SIND IN DER FIRMA!

ICH HAB SCHON ÖFTER GEDACHT...
... DASS ZWISCHEN UNS...
... IRGENDWIE EIN EMOTIONALES UNGLEICHGEWICHT BESTEHT.

ICH HABE MICH MIT MIKURA-SAN GESTRITTEN.
STUDIO:A4
SEITDEM HABEN WIR NICHT MEHR MITEINANDER GESPROCHEN ...
... UND ICH BIN AUCH NICHT ZU IHM GEGANGEN.
(ER HAT EINE EIGENE WOHNUNG IM GLEICHEN APPARTEMENT-HAUS.)
はああ～ HAAAAAAH～
ICH HAB'S GETAN...
OKAY, WIR MACHEN EINE KLEINE PAUSE!
NACHDEM ER SICH WIEDER BERUHIGT HAT
SELBSTHASS

WIRBEL
HAAAH, WARUM HABE ICH NUR SO ETWAS...
... KINDI-SCHES UND EGOISTISCHES GESAGT?!
WIRBEL
WIRBEL
ICH BIN EINE ECHTE NERVEN-SÄGE!
ER HAT GARANTIERT GENUG VON MIR.
WIRBEL
WIRBEL
SCHRECK
WAS SIND DAS FÜR DEPRIMIERTE GEDANKEN!
DAS BIN DOCH NICHT ICH!
WIRD MAN SO, WENN MAN EINE BE-ZIEHUNG HAT?!
GOOOOING
ÄHM, KASHII-SAN? KÖNNEN WIR SIE KURZ SPRECHEN?
SCHRECK
OH, KLAR!
BITTE ENTSCHUL-DIGEN SIE DIE PLÖTZ-LICHE...
... ÄNDERUNG DES ZEIT-PLANS FÜR HEUTE.

NEIN, MACHEN SIE SICH BITTE GAR KEINE GEDANKEN!
ES IST MIR VIELMEHR EINE EHRE, MIT IHNEN ZUSAMMENZU-ARBEITEN.
ES FREUT UNS, DASS SIE DAS SAGEN.
SIE KÖNNEN SICH SCHON AUF DIE AUS-GABE UNSERER ZEITSCHRIFT FREUEN!
WIR LEGEN UNS BEI DER PRODUKTION RICHTIG INS ZEUG!
JA, VIELEN VIELEN DANK!
ALSO DANN, AUF WIEDER-SEHEN!
...
YORI-KUN!
MATSUNAGA-SAN...
GUTE ARBEIT!
WILLST DU VIELLEICHT EIN BENTO ESSEN?
SONST HAST DU KEINE ZEIT MEHR ZUM AUSRUHEN...

HAB ICH GANZ VERGESSEN, WEIL MIR SO DER KOPF SCHWIRRT.
?
AH, JA... VIELLEICHT...
WAS IST LOS? BIST DU ERSCHÖPFT?
HAST DU DICH AUCH NICHT ÜBERNOMMEN?
KEIN APPETIT?
ÄCHZ
ÄCHZ
ENTSCHULDIGE BITTE! DIESE ÄNDERUNG DES ZEITPLANS WAR WOHL DOCH...
... ZU ANSTRENGEND!
NEIN! KEINE SORGE! ALLES OKAY!
ES LIEGT NICHT AN DER ARBEIT!
WAAAAH!
DANN IST ES JA GUT...
HAST DU...
... DICH WOMÖGLICH MIT MIKURA-SAN GESTRITTEN?
BINGO
DOTZ

AH!
HAB ICH RICHTIG GETIPPT?
TUT MIR LEID...
MANAGER MATSUNAGA WURDE INFORMIERT, DASS DIE BEIDEN EIN PAAR SIND
UH... GH...
SCHON GUT...
ZITTER
ZITTER
SIE SIND EBEN SCHARF-SINNIG... EIN FÄHIGER MANAGER...
...
ÄHM...
DÜRFTE ICH SIE KURZ UM RAT FRAGEN?
EIN BISSCHEN BOYS TALK!
EINVER-STANDEN!
KNARR
KNARR
JA, NATÜRLICH!
... HAB ICH EINFACH GE-SCHMOLLT...
UND DANN...

GRRRRR
ARRRGH, ICH BIN WIRKLICH...
... EINE SCHRECKLICHE NERVENSÄGE!
ICH HABE EXTREME GEFÜHLSSCHWANKUNGEN UND KANN MICH NICHT KONTROLLIEREN!
HIHI...
IN LETZTER ZEIT ZEIGT ER EINE SO LEBHAFTE MIMIK! SCHÖN ZU SEHEN!
DOCH BEI DER ARBEIT BIST DU WIE IMMER...
... DER AUSGEGLICHENE YORI-KUN! SCHON SELTSAM!
UHUMM...
MANCHMAL...
WENN ES UM MIKURA-SAN GEHT...
... WERDE ICH VON GEFÜHLEN ÜBERSCHWEMMT...
... WEISS ICH NICHT MEHR, WAS ICH TUN SOLL.

ICH WILL BEI IHM SEIN.
ICH WILL IHN BERÜHREN.
ICH WILL IHN KÜSSEN.
ICH WILL IHN UMARMEN.
MEINE GEFÜHLE SIND SO HEFTIG WIE EIN FEUERWERK.
MIKURA-SAN WUSSTE ES.
SICH VERLIEBEN...
... MIT MIR EINE LIEBESBEZIEHUNG EINZUGEHEN...
... DAS WÜRDE NICHT WIE BEI EINEM NORMALEN LIEBESPAAR FUNKTIONIEREN...
... WEIL ICH EIN MANN BIN, UND WEIL ICH EIN IDOL BIN.
GERADE DESHALB...
... IST ER VERNÜNFTIG UND VORSICHTIG...
... UM UNSERE BEZIEHUNG ZU SCHÜTZEN.
SCHON BEVOR WIR ZUSAMMENKAMEN, HAT ER SICH IMMER NUR UM MICH GEDANKEN GEMACHT...
... UND SICH SELBST AN ZWEITE STELLE GESETZT...
DAS IST SEINE ART...
... MICH ZU LIEBEN.

UND IN DIESEN MENSCHEN…
… HABE ICH MICH VERLIEBT.
ICH VERMISSE IHN.
ABER…
NHAAAAAAAH
… IM MOMENT SIND WIR KOMPLETT ZERSTRITTEN!
WIE SOLL ICH MICH BEI IHM ENTSCHULDIGEN?!
HIHIHI
EIN JUNGER MANN, DER VOR LIEBESKUMMER VERGEHT! WAS FÜR EIN WUNDERSCHÖNER ANBLICK!
WIE DEM AUCH SEI…
ZUERST MUSST DU WAS IN DEN MAGEN BEKOMMEN UND DEINEN AKKU WIEDER AUFFÜLLEN.
DANN FÄLLT DIR GARANTIERT AUCH ETWAS EIN, WIE DU DICH WIEDER MIT IHM VERTRAGEN KANNST.
JA…

JUBEL KICHER
IEKS QUIETSCH
DIE SIND JA ALLE FRÖHLICH DRAUF!
BEIM TEAM...
WAS IST DA WOHL LOS?
わあっ
WAH
AH!
YORI-KUN!
VIELEN DANK!
DANKE!
VIELEN DANK! ♥
VIELEN DANK!
WOFÜR?
Ä-ÄHM...
WOFÜR?
WOFÜR?
HIHIHIHI
JETZT KOMM SCHON!
DEN LUNCH!
NATÜRLICH!
DEN DU UNS SPENDIERT HAST! ♥
Wir haben von Yori Kashii als Lunch das »Feuerwerk-Menü« aus dem japanischen Restaurant Ichida bekommen!!!! Vielen Dank!

ISHIDA IST EIN TOTAL BERÜHMTES JAPANISCHES RESTAURANT!
LUXUS!
AH!
LEUTE, HEUTE IST DOCH EIN FEUERWERK AM SUMIDA-GAWA!
WIE ELEGANT!
SEHT MAL! ♡
ES HEISST FEUERWERK-MENÜ!
WUNDER-SCHÖN! ♡
WENN MAN DEN GANZEN TAG IM STUDIO EIN-GESCHLOSSEN IST, FREUT MAN SICH DARÜBER GANZ BESONDERS!
ICH WAR ES NICHT...
... ABER...
... SO ETWAS MACHT...
MATSUNAGA-SAN...
... WAR DAS...
JA!
... IMMER ...
DAS IST VON IHM.
SO IST...
... ER IMMER.
MEINST DU, DU KANNST DICH WIEDER MIT IHM VERTRAGEN?

DU BIST ABER SPÄT DRAN. HAST DU ÜBERSTUNDEN GEMACHT?
WILLKOMMEN ZUHAUSE.

すう
HSSS
ES TUT MIR LEID, DASS ICH SO HÄSSLICHE DINGE GESAGT HABE.
ZACK
UND DANKE FÜR DAS ESSEN!
VERBEUG
ぴったり。
ÄCHZ
HAAACH, DAS IST DIE FURCHTLOSIGKEIT, DIE MICH AUSZEICHNET!
DAS HAT GUTGETAN!
ふっ
FH

WILLKOMMEN ZUHAUSE.
BLAMM
三倉 MIKURA
ÜBRIGENS...
... WIESO TRÄGST DU EINEN YUKATA?
HAT IHN DIR DER STYLIST ANGEZOGEN?
ÄHM
ICH HAB'S ALLEIN VERSUCHT...
MIT EINEM VIDEO...
SIEHT ES KOMISCH AUS?
WEISS NICHT...
EIGENTLICH...
... WOLLTE ICH IHN FÜR DICH ANZIEHEN, WENN WIR ZUSAMMEN DAS FEUERWERK ANSEHEN, ABER...
... DAS HAB ICH JA GRANDIOS VERMASSELT.
UNCOOL...

MAN KANN ES VON HIER AUS SEHEN?!
JA.
YAY!!

DU SIEHST WUNDERSCHÖN AUS.
GEFÄLLT ES DIR?
JA.
WIE SCHÖN!
ABER...

... ZIEH IHN MIR AUS!
...
JA...
... ICH WEISS. ICH MUSS MORGEN WIEDER AR- BEITEN.
DU NIMMST GROSSE RÜCKSICHT...
... AUF MICH UND MEINEN JOB.
DARÜBER FREUE ICH MICH UNHEIMLICH.

DESHALB MÖCHTE ICH...
... DIR DAS GLEICHE ZURÜCKGEBEN.
DER JOB ALS IDOL...
... BRINGT ALLE MÖGLICHEN EINSCHRÄNKUNGEN MIT SICH.
WENN DU DICH ZURÜCKHÄLTST, WEIL DU...
... AN DIE BELASTUNG FÜR MEINEN KÖRPER DENKST...
... DANN KANN ICH DICH BERUHIGEN.
AUSSERDEM SIND WIR BEIDE MÄNNER...
VIELLEICHT KANN ES BEI UNS NICHT SO LAUFEN...
... WIE BEI EINEM NORMALEN LIEBESPAAR.
YORI...

ABER…
MEIN KÖRPER…
… KENNT DEINEN KÖRPER SCHON.
… GERADE DESHALB…
… MÖCHTE ICH MICH…
… NOCH VIEL STÄRKER UND INTENSIVER MIT IHM VERBINDEN.

MH
MH
MH
GTSCH
HH
SLL
FH
TSCHPP
HH
MH!
TSCHPP
HAH

TSS
AH!
TIPP
AH!
ZUCK
GNH
NI...
GNH
MH!
KNH
ZUCK
AH!
KNH
ZUPF
NH!
MH!
HH
AH
MH!
ぽ
POOOUMM
NH!
HH
HH
AH!
HH!
HH
HH
BÄÄÄMM

DU REAGIERST NACH WIE VOR HEFTIG!
DAS LIEGT AN DEINER SINNLICHEN ART MICH ZU BERÜHREN!
MEINST DU?
SLPP
RUTSCH
MH!
ZUCK
ZUCK
MH
AH...
MH
HH
MH
AH!
TSPP
N ...!
GTSCH
FH
NH!
MMH
MH
NH!

HH
MACH... DAS NICHT...
ZUCK
DAS ZIEHT IRGENDWIE INNEN IN MEINEM BAUCH!
SLIP
DU WILLST DAS NICHT?
HH
ZUCK
ZUCK
MH
MH
MH
ZUCK
ZAPPEL
ZAPPEL
ZUCK
ZUCK
ZUCK
DAS IST DER BEWEIS, DASS ES SICH GUT ANFÜHLT!
AH!
N...!
HH
ZUCK
ZUCK
HH
FFFH
GNH
ZUCK
SLUPP
GNH
ZUCK
ZUCK
HAH...!
HH
HH

MH
GPPH
GTSCH
AH!
HH
HH
MH!
DSCHPP
MH!
MH
MH
HH
HH
HH
DSCHPP
ZUCK
AH!
MMH
HH
HH!
FH
FFFH
N...!
AH!
HH
HH
KH
DSPP
GHPP
ZUCK
AHNH!
HH
ZUCK
HH!
HH!
AH!
NEIN ...!
ZITTER
ZITTER
HH
AH!
AH!

HH
TSSS
HH
HH
ZITTER
ZUCK
ZUCK
DU BIST SCHON ZIEMLICH ENT-SPANNT!
AH
AH... HH...
GTSCH
GTSCH
DU BIST VIEL ZU BEHUT-SAM...!
SO GRÜNDLICH MUSST DU MICH GAR NICHT VOR-BEREITEN!
ECHT!
SORRY, DASS ICH DICH AUF DIE FOLTER SPANNE.
GH
ZUCK
HH
HH
HEUTE NACHT KOMMST DU AUF DEINE KOSTEN!

GH
PH
ZUCK
AH!
ZUCK
HH
HH
HH
MH!
GPPH
HH
RUTSCH
MH
AH!
AH!
HH
N... AH...
ICH KOMM REIN ...
HH
HH
HH
...!!
FH
HH
SO ENG!
FH
HH
HH
!
GH
FH!
FH!
HH
GPPH
FUAH
DZZ
ZPP
ZPP
DZZ
PPPH
AH!
... UHM!
AMH!
ZUCK
HH
HH
ZUCK
MH...
HH

DSCHPP
ICH BEWEGE MICH JETZT!
DZZ
MH!
AH...!
DSCHPP
MH!
DZZ
AH!
HH!
HH!
FFFH
NH! NH!
FH!
DSCHPP
DZZPP
AH!
DSCHPP
HH
AFH!
DZZMM
NEIN!
HH
DSCHPP
AH!
AH!
AAAH...
SPRITZ
SPRITZ
SPRITZ
BSCH
ZUCK
...!!
HAAAH
HH
HAAAH
HH
BSCH
MH...!
HH
HH
ZUCK

WIE SCHÖN!
WUNDERKERZEN KÖNNEN WIR AUCH AUF DEM BALKON ABBRENNEN!
ES IST ZWAR EIN ZIEMLICH ABGESPECKTES FEUERWERK, ABER...
DAS IST TOLL!
HIHI.
ABER HIER...
... IRGENDWIE ZIEMLICH UNGEWÖHNLICH, DASS DIE WUNDERKERZEN IN EINEM KÄSTCHEN AUS PFINGSTROSENHOLZ VERPACKT SIND!
SIEHT TEUER AUS.
JA...
DAS SIND IN JAPAN HANDGEFERTIGTE WUNDERKERZEN.

WENN MAN SIE IN SO EINEM PFINGSTROSEN-KÄSTCHEN AUFBE-WAHRT UND DAS PULVER REIFEN LÄSST…
… WIRD DAS FEUERWERK HARMONISCHER, HAT MAN MIR GESAGT.
EIN ELEGANTER ZEITVERTREIB FÜR ERWACHSENE!
COOL!
„REIFEN“…
ICH MÖCHTE AUCH UNSERE BEZIEHUNG GANZ ALLMÄHLICH AUFBAUEN UND VERTIEFEN.
WAS IST?
DU LÄCHELST.
DAS IST GEHEIM!

NO
SECRETS
IN THIS
BUSINESS

SECRET. 2

GUTEN TAG! ICH BIN YORI KASHII.
STUDIO A to
VOR EIN PAAR TAGEN HABEN DIE PROBEN FÜR EIN NEUES BÜHNENSTÜCK BEGONNEN.
DUUU... STÜMPER ...!!

WIE OFT MUSS ICH ES DIR NOCH SAGEN, KASHII!!
DU BRAUCHST EIN TIEFERES VERSTÄNDNIS FÜR DEINE ROLLE!!
JA!
BÜHNENREGISSEUR RANJO OGAMI (41)
MAG JA SEIN, DASS DU EIN BELIEBTES IDOL BIST, ABER NIMM DAS HIER BLOSS NICHT AUF DIE LEICHTE SCHULTER!!
RAUF
RAUF
UUUUHHHHH!
RAUF
HH
HH
MIR REICHT'S...! PAUSE!

TUT MIR TOTAL LEID, LEUTE.
MEINETWEGEN WIRD STÄNDIG UNTERBRO-CHEN…
KEINE PANIK! LASS DIR EINFACH ZEIT, IRGENDWANN HAST DU'S RAUS.
DASS EINE OGAMI-INSZENIERUNG SO HART IST, HÄTTE ICH NICHT ERWARTET.
NA JA, DU BIST ABER AUCH VOLL DAS TARGET!
WOBEI ER DIE JUNGEN IMMER AUFS KORN NIMMT.
ABER MAL DAVON ABGESEHEN, YORI-KUN…
DU BIST ECHT MEGA-TAFF!
HAHAHAHA
はっはっはっはっ
ICH HAB NOCH NIE EINEN NACHWUCHSSCHAU-SPIELER ERLEBT, DER SICH VON RANJO-SANS DRILL SO WENIG BEEINDRUCKEN LÄSST.

DABEI HAT DIESER MANN EINE POWER WIE EIN GORILLA! TAG FÜR TAG HERUMZUBRÜLLEN, OHNE ES LEID ZU WERDEN!
WIEHER WIEHER
WEN NENNST DU HIER GORILLA?
GONK
AUA
OOO

DU WEINST WOHL NIEMALS, WAS?
HIÄÄÄÄÄÄH!

NEIN, ICH WEINE NICHT.
WENN WEINEN IRGENDWAS BRINGEN WÜRDE, SÄHE DIE SACHE ANDERS AUS.
TSS.
WIRBEL
IN FÜNF MINUTEN MACHEN WIR WEITER.
...

RANJO OGAMIS SCHAUSPIEL-SCHULE HOLT UNERKANNTES POTENTIAL AUS JUNGEN SCHAU-SPIELERN HERAUS, DAS IN IHNEN VER-BORGEN LIEGT.
NACHDEM SIE DURCH DAS STRENGE BÜHNEN-TRAINING KRAFT ERLANGT HABEN, ENTFALTEN SEINE SCHAUSPIELER ZUVERLÄSSIG IHR TALENT.
Ogam
Theorie der Schaus
Ranjo Ogami: Theorie der Schauspielk
von Munechika Hashimoto
Verlag XY

YORI-KUN! ENTSCHULDIGE, DASS ICH DICH BEI DER LEKTÜRE STÖRE, ABER DU BIST DRAN!
MH. DANKE, MIHARU.
BLAMM
Theorie

YORI-KUN IST HEUTE BEREITS DEN VIERTEN TAG AN DIESEM SET, NICHT WAHR?
FRÜHMORGENS SCHON ZWEI SHOOTINGS FÜR ZEITSCHRIFTEN, DANN DREHARBEITEN FÜR DIE SOAP UND JETZT DAS PROMO-VIDEO.
WIRKLICH BEEINDRUCKEND, DASS SEINE KONZENTRATION NICHT NACHLÄSST!
DA HABEN SIE RECHT. ICH KENNE IHN NICHT ANDERS, ABER ICH ZIEHE AUCH DEN HUT.
ICH HABE DEN EINDRUCK, IN LETZTER ZEIT HAT ER SOGAR NOCH AN MÄNNLICHKEIT DAZUGEWONNEN.
ER WIRKT KÜHN UND UNERSCHROCKEN!
DIE SCHAUSPIELÜBUNGEN SCHEINEN SICH AUSZUWIRKEN.
AH JA, BEI RANJO OGAMI!

ALSO DANN, LOS GEHT'S!

IST FRÜHER ZUM ÜBUNGS-RAUM GEGANGEN UND HAT SICH MIT JOGGEN AUFGE-WÄRMT.
TAPP
FFFH

SCHAUSPIEL-
SCHÜLER, DIE
BEIM PROBEN
ZUSEHEN…
AUS DER
OGAMI-
SCHAUSPIEL-
ERTRUPPE…
VERBEUG
UUUUH,
DAS IDOL!

KICHER
KICHER
KICHER
KICHER
WIE VIELE HUNDERT MALE HABE SOWAS SCHON GEHÖRT …

UNTERSCHÄTZT IDOLS LIEBER NICHT!
...

SLLLLL
GURGEL
GURGEL
GURGEL
PUH… DEN TAG HÄTTEN WIR AUCH MAL WIEDER ÜBER-STANDEN!

TAPP
TAPP
TAPP
TAPP
TSCHUPP
HALLO, YORI!

ZITTER
ZITTER
ZITTER
ENTSCHULDIGE! ICH WAR GERADE IM BAD...
BSSSST
?!!

GRABSCH
MEIN ENGEL!
TUT MIR LEID, ICH BIN NUR EIN REIFERER MANN IN DEN DREISSIGERN.
MH
ICH LIEBE DICH
KUSCHEL
SCHMUS
KUSCHEL
SCHMUS
MH
ICH LIEBE DICH

ICH BIN WIRKLICH SO FROH, DASS ES DICH GIBT...
...

NO
SECRETS
IN THIS
BUSINESS

SECRET. 3

MEIN PRINZ, MEIN PRINZ!
BITTE WACHT AUF!

ES IST MORGEN!
MH...
HIHIHI!
GNNNH
MH!
MH
MH!
MH
MH!
MH
MH

MH!
TSCHPP
MH!
TSCHPP
MH
MMMH
MMMMMMH
AHH!
HEY ...
... LASS UNS DOCH GLEICH WEITERMACHEN!

TSCHUPP
BRENN
BRENN
NICHTS DA!
DU KOMMST ZU SPÄT.
KONK
HUAAAH!
DU WIRST JETZT IN DIE DUSCHE ABGEFÜHRT.
SCHNAUB
BAUMEL
WOLLEN WIR IN DER DUSCHE RUMMA-CHEN?
NEIN!

DANKE, DASS DU MICH ZUR LOCATION FÄHRST.
KEIN DING.
ICH BIN SCHLIESSLICH BEAUFTRAGT, DEINEN MANAGER ZU UNTER-STÜTZEN.
ICH BIN FROH, DASS ES LEUTE GIBT, DIE VERSTÄNDNIS HABEN.
DAS PASST DOCH, WENN IHR IN EINEM HAUS WOHNT.
PRÄSIDENT
WENN SIE ES SIND, BIN ICH BERUHIGT!
MANAGER MATSUNAGA
AUSSERDEM...

... IST AUCH DIE KURZE ZEIT, DIE WIR IM AUTO UNTERWEGS SIND...
... EIN WERTVOLLES DRIVE-DATE!
ST
GNH
ICH HAB DAS INSGEHEIM AUCH GEDACHT! DASS ES WIE EIN DATE IST! SEIN PROFIL BEIM FAHREN IST SO UNGLAUBLICH ATTRAKTIV, DASS ICH RICHTIG HERZKLOPFEN BEKOMMEN HABE!
I...
ICH LIEBE DICH SO SEHR!
DANKE.
ICH LIEBE DICH AUCH.

DA FÄLLT MIR EIN…
WÄHREND DIE AMPEL ROT IST…
SCHWUPP
?
HIER!
DAS BUCH MIT HINTER-GRUNDWISSEN, DAS DU GESUCHT HAST.
ICH HAB'S BEKOMMEN.
WAAAS?! WAAAAS?! DANKE!
WAAH! WAAH!
DAS IST EIN UNHEIMLICH ALTES BUCH, DESHALB HATTE ICH ES SCHON AUFGEGE-BEN!!!
WAR ES NICHT SUPER SCHWIERIG, DAS ZU BE-KOMMEN?

ACH, GAR NICHT SO.
ICH HATTE ZUFÄLLIG DIE RICHTIGEN BE-ZIEHUNGEN.
SCHWÄRM
ANHIMMEL
SCHWÄRM
PAAAAAANG
AWWWW… …
ER SAGT ES SO DAHIN, ABER…
DIE STRASSEN SIND FREI!
… ICH HABE SELBST SCHON JEMANDEN VOM DAFÜR ZUSTÄN-DIGEN TEAM ZIEMLICH GRÜNDLICH DANACH SUCHEN LASSEN, OHNE ERFOLG…
GNH
ICH BIN SICHER, ER HAT NICHTS UNVERSUCHT GELASSEN, UM ES ZU FINDEN…

SCHWÄRM
ANHIMMEL
DA WIRD MIR WIEDER KLAR, WIE GUT MIKURA-SAN IN SEINEM JOB IST. MAN KANN IHN NUR RESPEKTIEREN!
UND DASS ER SICH ABSOLUT NICHTS DARAUF EINBILDET, ZEUGT VON EINEM UNGLAUBLICH HOCH-ENTWICKELTEN CHARAKTER!
NEIN, GANZ IM ERNST…
… IST MEIN FREUND NICHT EINFACH …
SCHWÄRM
… EIN VERDAMMT ÜBER-TRIEBEN HEISSER TYP?!
ICH LIEBE DICH SO SEHR!
DANKE.
ICH LIEBE DICH AUCH.

HI! YORI-KUN!
AH! HIRAKO-SAN!
FLEISSIG AM LERNEN WIE IMMER, WAS?
DU LIEST IRGENDWIE DAUERND IRGENDWAS!
DA ICH DIE GANZE ZEIT ANGEBRÜLLT WERDE…
… WOLLTE ICH IRGENDWO ANSETZEN, UM MEINE ROLLE WENIGSTENS EIN BISSCHEN BESSER ZU BEGREIFEN.
ZAUBER DER BÜHNENKOSTÜME
ICH HAB DA ECHT SO MEINE SCHWIERIGKEITEN!
DU BIST SO BESCHEIDEN!
MIT DER SOAP HAST DU DOCH AUCH SCHON SO VIEL ZU TUN!
DU HAST ECHT POWER!

SOOO, DIE PROBE BEGINNT GLEICH!
NANU? IST OGAMI-SAN HEUTE NICHT DA?
OGAMI IST WEGEN EINES ANDEREN JOBS VERHINDERT, DESHALB LEITE ICH HEUTE DIE PROBE.
HÄÄÄÄ?!
WIE SCHADE!
MOTZ MOTZ
WIR SIND DOCH HIER, UM OGAMIS GÖTTLICHE REGIE ZU SEHEN!
TEAM SCHAUSPIELSCHÜLER, DIE BEI DER PROBE ZUSEHEN WOLLEN
MEHR ODER WENIGER ERLEICHTERT.
OOOO
EIN GLÜCK... HEUTE WIRD'S EINE FRIEDLICHE PROBE...
TEAM SCHAUSPIELER
WAS EIN GLÜCK, ODER, YORI-KUN?
UNSER DRILL SERGEANT IST HEUTE NICHT DA!
PUH ...
OKAY...?
SCHADE
OOOO
TRAUER
ÄH... WARUM BIST DU DENN ENTTÄUSCHT...?
BIST DU ETWA MASOCHIST?

WAS IST DAS GEHEIMNIS HINTER DIESER POWER?
DAS WÜSSTE ICH GERNE!
GIB ALLES!
DAS IST DAS BUCH MIT HINTERGRUND-WISSEN, DAS DU GESUCHT HAST.
...
VERRATE ICH NICHT.
HIHIHI
AH, DU HAST GERADE GEGRINST, WEIL DU AN IRGENDWAS GEDACHT HAST, ODER? BESTIMMT WAR'S WAS UN-ANSTÄNDIGES!
JA.
ES WAR WAS UNAN-STÄNDIGES.
IEKS
IEKS

FEIER-ABEND! BIN WEG!
SCHÖNEN FEIERABEND!
YORI-KUN, KANN ICH DICH KURZ SPRECHEN, BEVOR DU GEHST?
WEGEN DEINES KOSTÜMS...
KLAR!
ICH KOMME SOFORT!
ZAUBER DER BÜHNENKOSTÜME
ZAUBER DER BÜHNENKOSTÜME

ALSO, IN DIESEM SINNE!
EINVER-STANDEN!
DAS BUCH IST NICHT DA...
MEINE ANDEREN SACHEN WURDEN NICHT ANGE-RÜHRT...

KICHER KICHER KICHER
...
WISST IHR ZUFÄLLIG, WO DAS BUCH IST, DAS HIER LAG?
BUCH? KEINE AHNUNG!
KICHER
CHRCHRCHR
AH!
JETZT, WO DU'S SAGST, ICH GLAUB, ICH HAB'S IM UMKLEIDERAUM GESEHEN.

ECHT?
VIELEN DANK...
... FÜR DEN TIPP!
STRAHL
...!
MOBBING AUF GRUND-SCHÜLER-LEVEL!

DZUMM
DZUMM
DZUMM
DZUMM
AH!
DA BIST DU JA WIEDER, OGAMI!
JA...
WAH!
COOLES STYLING! WIE WAR DIE PARTY?
DAS VOGELNEST IST NICHT WIEDERZU-ERKENNEN!
NORMALER-WEISE

KRACH
PARTY, NAJA!
DIE HOHEN HERRSCHAFTEN LIEBEN ES WIRKLICH, KULTURSCHAFFENDE EINZULADEN.
DONK
WENN MAN SICH NUR EINSCHMEICHELN MUSS, DAMIT SIE FÜR DEN BETRIEB EINER SCHAUSPIELTRUPPE WAS SPRINGEN LASSEN, KEIN PROBLEM!
SAG MIR LIEBER, WIE DIE PROBE HEUTE LIEF.
ES IST WESENTLICH EINFACHER, WENN DER NÖRGLER NICHT DA IST, ODER?
KEINE BESONDEREN PROBLEME. ALLE WAREN ENTSPANNT UND SEHR KONZENTRIERT.
HIHIHI
YORI-KUN WAR ALLERDINGS ENTTÄUSCHT, DASS DU NICHT DA WARST.
WAS SOLL DIESES GRINSEN?
LÄCHEL
LÄCHEL
LÄCHEL
LÄCHEL
YORI-KUN IST EIN GUTER JUNGE! ER HAT EINEN TOLLEN CHARAKTER, IST FLEISSIG UND WIDERSTANDSFÄHIG...
... UND SOWOHL WAS SEINE ARTIKULATION ALS AUCH WAS SEINE DARSTELLUNG ANGEHT GEHÖRT ER UNTER DEN JUNGEN LEUTEN ZU DEN BESSEREN, ODER ETWA NICHT?

WOMIT BIST DU UNZUFRIEDEN?
HAAAH!
SEINE HALBHERZIGKEIT REGT MICH AUF.
KNIRSCH
ICH BIN SICHER, ER IST IN DER LAGE, IN SEINEM GESICHTSAUSDRUCK MEHR EMOTIONEN ZU ZEIGEN!
NICHT NUR DEN VON IHM ERWARTETEN, GEKÜNSTELTEN GESICHTSAUSDRUCK, DER HÜBSCH AUSSIEHT UND SONST NICHTS.
DAS HEISST ÜBERSETZT, ER GEFÄLLT DIR UND DU HAST GROSSE ERWARTUNGEN IN IHN, RICHTIG?
„ER GEFÄLLT DIR“ IST EINE UNTERSTELLUNG!
WENN NICHTS MEHR IST, GEHE ICH NACH HAUSE!
Smoking Area

KRACH
KNISTER
RASCHEL
?
KRACKS
?!
IST DA NOCH JEMAND?
KRUIK
Locker room

FLEDDER

SECRET. 4

ANLASS WAR EINE SONDERSENDUNG EINER TV-SOAP, AUF DIE SAIKI MICH AUFMERKSAM GEMACHT HATTE.
OGAMI, DA IST EIN COOLER TYP!
SCHAUST DU'S DIR MAL AN?
WER IST DAS?
EIN IDOL, DAS IN LETZTER ZEIT SEHR POPULÄR IST.
HMM...

IDOLS EINZUSETZEN IST ZIEMLICH KOMPLIZIERT.
ES KOMMT VOR, DASS MAN DURCH ALLE MÖGLICHEN BEDINGUNGEN EINGESCHRÄNKT WIRD, WEIL DIE GROSSEN AGENTUREN SEHR VIEL EINFLUSS HABEN.
VOR ALLEM BEI MEINEN STÜCKEN MIT IHRER BESONDERS EXTREMEN INSZENIERUNG UND DARSTELLUNG.
ICH WERDE VOR DER PLANUNGSKONFERENZ LIEBER...
... NOCH EINMAL DAS SZENARIO ÜBERARBEITEN.
GUTE IDEE. SIE SIND SEHR STRENG, WAS DAS IMAGE IHRER TALENTE BETRIFFT.
TROTZDEM...

... WOLLTE ICH IHN HABEN.
DIESEN BLICK.
FRÖSTEL

KASHII...!

SCHWUPP
HO
JA?
WAS IST DENN?
HÄ?!
AH?

HPPTSCHI!
DA REDET JEMAND HEIMLICH SCHLECHT ÜBER MICH!
DIESE MISTKERLE!
SCHNIEF
KANN ES SEIN, DASS DU PLÖTZLICH EINE ANDERE PERSÖNLICHKEIT HAST?
MEINEN SIE?
NÖ, ICH BIN SO!
LAUFEN ZUR HAUPTSTRASSE, UM DORT EIN TAXI ZU RUFEN.
BEI SOWAS MUSS MAN NOCH EIN ZWEITES MAL NIESEN... UND DANN...
RRH... BTSCHI!!!
...
STEHT ZIEMLICH UNTER SPANNUNG, WEIL ER EBEN AUSGERASTET IST.

HEHEHE, HABEN SIE DAS GESEHEN?!
ICH BIN EIN MANN, DER SEIN SCHICKSAL SELBST VERÄNDERT!
BIST DU NOCH GANZ DICHT?
FUWAH
HM?
もぎゅっ
MUMMEL
ZIEH DAS AN.
ICH KANN KEINE ERKÄLTETEN SCHAUSPIELER GEBRAUCHEN.
VIELEN DANK!
DANN NEHME ICH SIE BEIM WORT!
SCHÖN WARM!
HMPF!
...
WAS WAR DAS VORHIN...?

DER MANTEL RIECHT IRGENDWIE TOTAL GUT!
SCHNÜFFEL SCHNÜFFEL
DER STYLIST HAT MICH ORDENTLICH EINPARFÜMIERT.
SCHNÜFFEL NICHT DARAN!!!
TAPP
OGAMI-SAN!
SEHEN SIE MAL! WENN ICH IHN ANZIEHE, SIEHT ER AUS WIE EIN UMHANG!
WIRBEL

TICK
TICK
TACK
VIELLEICHT SPRECHE ICH MIT DER KOSTÜM-SCHNEIDERIN...
... UND LASSE DEN SAUM VON MEINEM MANTEL LÄNGER MACHEN!
BWUSCH

ICH SEHE DIESEN SPRINGBRUNNEN ZUM ERSTEN MAL ILLUMINIERT!
WAHRSCHEIN-LICH, WEIL DU IMMER MIT DEM TAXI VON TÜR ZU TÜR FÄHRST.
AH... IRGENDWIE...
... ERINNERT MICH DAS AN DIE ILLUMINATION...
... DIE ICH MIT MIKURA-SAN ZUSAMMEN GESEHEN HABE.
ぎゅう
GNH
WENN ICH AN DIE ZEIT ZURÜCKDENKE, IN DER ICH EINSEITIG IN IHN VERLIEBT WAR, TUT MIR IMMER NOCH DAS HERZ WEH...
...
ICH LIEBE IHN...

きゃあ～っ
KYAAAAAAH
ICH LIEBE IHN!
DAM DAM DAM DAM DAM DAM
HE!
FALL BLOSS NICHT HIN!
IST JETZT SPIELSTUNDE ODER WAS? MACH DICH BLOSS NICHT NASS!
KEINE SORGE!

WA...
WARUM ...?!

WARUM BEKOMME ICH DIESEN GESICHTSAUS-DRUCK NICHT IN DER PROBE ZU SEHEN…?!
FAUCH
MOTZ ZETER SCHIMPF MOTZ
MENNO! DAS WEISS ICH DOCH NICHT!
PUH
ABER… DAS IST JETZT NUR EINE VERMUTUNG VON MIR…
WAS?
WERDEN SIE NICHT SAUER, WENN ICH IHNEN DEN GRUND SAGE…?
JA, VON MIR AUS! SAG'S MIR EINFACH!
DER GRUND IST WAHRSCHEIN-LICH… ALSO…

ES LIEGT AN IHREM SZENARIO UND IHRER INSZENIERUNG.
HAAAH?
WIIIIIE BITTääää?!

SIE HABEN GESAGT, SIE WERDEN NICHT SAUER!
ICH WEISS, DASS ES ABSOLUT UNVERSCHÄMT IST, WENN ICH SO ETWAS SAGE UND DABEI MEIN EIGENES GESTÜMPER NICHT ERWÄHNE, ABER...
... ICH GLAUBE FAST, AUSSER EINEM WELTFREMDEN, DUMMEN GRÜN-SCHNABEL WIE MIR...
... GIBT ES NIEMANDEN, DER IHNEN DAS SAGEN KANN.
IRGENDWIE IST DIESES STÜCK...
... NICHT IHR STIL, OGAMI-SAN.
ICH HABE IHRE WERKE MEHRMALS AUF DVD GESEHEN UND MIR IHRE SZENARIOS UND INTERVIEWS GENAU ANGE-SCHAUT.
SIE GEHEN BISHER NIE DAGEWESENE WAGNISSE EIN, ABER...
AH...

... SIE MACHEN NICHT DEN EINDRUCK, ALS HÄTTEN SIE FREUDE DARAN.
... VERSTEHE...
UM EIN HAAR HÄTTE ICH DEM DRUCK VON AUSSEN NACHGEGEBEN...
ICH WERDE VOR DER PLANUNGS-KONFERENZ LIEBER...
NOCH EINMAL DAS SZENARIO ÜBERAR-BEITEN.
GUTE IDEE. SIE SIND ZIEMLICH STRENG, WAS DAS IMAGE IHRER TALENTE BETRIFFT.
... UND SELBST MEIN EIGENES STÜCK ZERSTÖRT.
ICH WAR WÜTEND AUF MICH SELBST.
POMM
!
WUSCHEL
WUSCHEL
WUSCHEL
WUSCHEL
WUSCHEL
VERDAMMT, DAS MUSS ICH MIR VON DIESEM ROTZ-LÖFFEL...
AUSGE-RECHNET ICH...
?
?
HMM...
?
?
NANU? SIE WERDEN NICHT WÜTEND...?

BIN WIEDER DA!
HALLO!
DU BIST ABER FRÜH DRAN!
MUSSTEST DU HEUTE NICHT NACHSITZEN?

DONK
(SCHUHE)
W...
UWAAAAAAH
うわああああ
WIE SÜSS!
WIESO FREUT ER SICH DENN SO?
FSCHT
(TELEPORT) 0.2 SEKUNDEN
KUSCHEL KUSCHEL
?
ぴとっ
KLETT

WENN IN DEM MOMENT…
Locker room
ZAUBER DER BÜHNENKOSTÜME
KRANG
… OGAMI-SAN NICHT GEKOMMEN WÄRE…
… HÄTTE ICH DIE BEIDEN VERFOLGT UND ZUSAMMENGE-SCHLAGEN.

WENN ICH EINEN SKANDAL VERURSACHT HÄTTE...
... HÄTTE ICH VIELEN LEUTE DAMIT UNANNEHM-LICHKEITEN BEREITET.
ES TUT MIR LEID, DASS DAS BUCH DRECKIG GEWORDEN IST!
GNH
ぽんっぽん
PONG
PONG
WAS IST LOS?
ぎゅっ
PRESS
BIST DU MÜDE?

KEINE SORGE! ICH BIN GERADE WIEDER VOLLKOMMEN GENESEN!!!
FUWAH
DIESER DUFT...
MUSSTEST DU HEUTE BEI DER ARBEIT PARFÜM AUFLEGEN?
UNGEWÖHNLICH...
ES IST EIN ERWACHSE-NER DUFT.
NEIN?
RIECHE ICH NACH IRGENDWAS?
AH!
DER IST VON OGAMI-SAN!

ICH MUSSTE NIESEN, DA HAT ER MIR SEINEN MANTEL GELIEHEN.
RUBBEL RUBBEL
RUBBEL RUBBEL
NIII
DU MUSS-TEST NIESEN... HAST DU DICH ERKÄLTET?
HAST DU FIEBER?
HE!
NEIN, ICH BIN KERNGE-SUND!
MEIN GEDULDS-FADEN WAR NUR KURZ DAVOR ZU ZERREISSEN...
ZITTER ZITTER
MMMH
?
WÄRM DICH AUF ALLE FÄLLE ERSTMAL IM BAD AUF, BEVOR DU INS BETT GEHST.
ICH MACH DIR AUCH EIN BADE-SET FERTIG.
HANDTUCH, UNTERHOSE, PYJAMA

KANN ICH NICHT MORGEN FRÜH GEHEN?
ICH HAB KEINE LUST...
ICH HAB SCHON NACH DER PROBE GEDUSCHT!
WENN DU MIT AUSGEKÜHLTEM KÖRPER INS BETT GEHST, WIRST DU DIE ERSCHÖPFUNG NICHT LOS.
DANN ERKÄLTEST DU DICH WIRKLICH!
NA GUT...
PFF
FH
ALSO SCHÖN...
SOLL ICH MIT DIR BADEN?

AH♥ … ♥ FH ♥…♥
ZUCK
ZUCK
HH
HH
AAH!♥ ♥ NNH!
MH
MH
HH
HH
MH
AH … HAH ♥…♥ ♥…!
ZUCK
REIB
REIB
MH! …
DZZTSCH
DZZTSCH
ZUCK
ZUCK
ZUCK
♥AH!
ZUCK
HAH! ♡ MH! ♥
J… A!
MAGST DU DAS?
ZUCK
GNH ♥
DZZ
DZZTSCH
DZZTSCH
AH!
AH!

NPH
NPPH
ZUPP
GNH
ZWICK
ZWICK
NLL
PTSCH
PTSCH
FRÖSTEL
MMH!
ZUCK
SCHAUDER
SCHAUDER
SCHAUDER
AH!
AAAH!
GNH
GNH
GNNNH
NTSCH
NTSCH
AH ...
MH!
HH
HHHH
NNH!
AH!
AH!
ZUCK
REIB
REIB
MH!
ZUCK
ZUCK
ZUCK
ZUCK
KNH
KNH
GTSCH
GTSCH

FLLLL
HHHH
HHHH
AH!
AH
WACKEL
WACKEL
TONK
TONK
KNNH
KNNH
BZZTSCH
BZZTSCH
FUAH!
ZUCK
DZZMM
ZUCK
AH!
ZUCK
AH!
HAH!
AH!
ZUCK
MH!
AAAAAAAAAAH!
ZUCK
SPRITZ
SPRITZ
SPRITZ

MH!
ZUCK
TIPP
はぁ HH はぁーHH
はぁっ HH
はぁ HH はぁー
はぁっ HH
HAAAH! ♥ HAAAH! ♥
HH! ♥ HH!
TSCHPP
MH! ♥
ZUCK
MH! FH! ♥
ZUCK
TSCHPP
TSCHPP
TSCHPP
MMH! ♥ MH! MH!
TSCHPP
HAAAMH HAAAH
ZUCK
MHM ♡...! ♥ FH... ♥
KH...
MMMH! ♥
ZUCK
MMMH! ♥
TSCHPP
TSCHPP
MH! ♥

KNNH
KNNH
KNNH
SLLRRR
HHH
HHH
FLLLL
...CH LIEBE ...CH...
...CH LIEBE DICH... HHARHUDO (HARUTO)...
SEIN GEHIRN IST VOLLKOMMEN GESCHMOL-ZEN...

ぎゅう
GNH
JA, ICH WEISS.

ZZZZ
SCHNÜFFEL
SCHNÜFFEL
SCHNÜFFEL
ER RIECHT WIE IMMER...

HAAAH
SLLL
KOMM NICHT MIT DEM GERUCH EINES ANDEREN MANNES NACH HAUSE...

NO
SECRETS
IN THIS
BUSINESS

SECRET. 5

GUTEN MORGEN!
HALLO! MORGEN!
MH...?

HMM...
WIE ZU ERWARTEN BEI EINER GROSSEN KÜNSTLER-AGENTUR!
SOGAR IHRE MANAGER SIND GUTAUSSEHEND!
YORI, DU HAST EINE WIMPER AUF DER WANGE!
MEINE GÜTE...
HÄ? WO?
REIB WISCH
IST SIE WEG?
NEIN, SIE IST NOCH DA! HAST DU ÜBERHAUPT IN DEN SPIEGEL GESEHEN, BEVOR DU AUS DEM HAUS GEGANGEN BIST?
MANN!
HMPF!
ICH MUSS DOCH BITTEN! KLAR HAB ICH DAS!
GRRR
....

REIB
WISCH
REIB
NIIII
MENNO!
IST SIE WEG?
WAAAH! HÖR AUF, VER-DAMMT!
SCHON GUT, HÖR AUF ZU REIBEN!
HALT MAL KURZ STILL!

TIPP
FLUPP
MH...
HAST DU SIE?

JA, ALLES GUT.
ES WAR NUR EINE UNBEDEUTENDE GESTE...
... DIE LEDIGLICH EIN PAAR SEKUNDEN DAUERTE...
... DOCH SIE WAR WIE EINE VERKÖRPERUNG...
... DES BEGRIFFS „ZÄRTLICHKEIT“.
UND...
... WARUM HABE ICH JETZT DIESES GEFÜHL?

VERZEIHUNG!

WIE...
... BIN ICH HIEREIN GERATEN...?
BLAMM
ZUSCHAUER BEI DER PROBE
ES GEHT GLEICH LOS!
....

SIE SIND YORIS MANAGER, NICHT WAHR?
WOLLEN SIE NICHT BEI DER PROBE ZUSCHAUEN, FALLS SIE DIE ZEIT ERÜBRIGEN KÖNNEN?
IST RANJO OGAMI... DOCH KONTAKTFREU-DIGER ALS MAN ALLGEMEIN ANNIMMT?
DANKE FÜR DIE EINLADUNG, ABER ICH WILL YORI AUF KEINEN FALL ABLENKEN.
YORI MÖCHTE DAS BESTIMMT NICHT. ER HAT MIR JA ERZÄHLT, DASS ER IMMER SCHRECKLICH ANGEBRÜLLT WIRD.
FH!
DESWEGEN MÜSSEN SIE SICH KEINE GEDANKEN MACHEN.

ER HAT SICH BESTIMMT GEFRAGT, WARUM ICH YORI ABLENKE.
NEIN! NOCH MAL!
(HH)
(HH)
YORI MACHT GROSSE FORTSCHRITTE, OHNE DASS ICH ES MITBEKOMME.
OKAY!

ER BEMERKT MICH NICHT EINMAL.
SEIN BLICK IST UNBEIRRBAR NACH VORNE GERICHTET...
DESWEGEN MÜSSEN SIE SICH KEINE GEDANKEN MACHEN.
ER STRAHLT...
... UND IST SCHON SO WEIT ENTFERNT!

TONK
DRÄNGEL
DRÄNGEL
DRÄNGEL
DRÄNGEL
MMMMMMH!
SCHLIEBE-DISCH!
SCHLIEBEDISCH
SCHLIEBEDISCH
FUAH?!

WA...WAS?! WAS IST DENN PLÖTZLICH MIT DIR LOS...?!
NA JAAA! ICH LIEBE DEIN PROFIL EINFACH SOOOO SEHR, DASS MIR GANZ ANDERS WIRD, WENN ICH DICH ANSCHAUE!
SCHLIEBEDISCH!
IST JA GUT, IST JA GUT, VERSTANDEN ...!
BERUHIGE DICH...!!
SCHWUPP
SCHWUPP
SCHWUPP
SCHWUPP
SCHWUPP
SCHWUPP
SCHMUS
SCHMUS
SCHLIE-BEDISCH!
KUSCHEL
KUSCHEL
FFFFH...
HIHIHIHI...
MACHST DU DIR WEGEN IRGENDETWAS SORGEN?

DAS MUSST DU NICHT! EGAL, WAS PASSIERT ...
... ICH BIN BEI DIR UND BESCHÜTZE DICH!
MEIN PROBLEM IST, DASS ICH DICH ZU SEHR LIEBE...
DAS IST SEHR BERUHIGEND! IM NOTFALL KOMME ICH DARAUF ZURÜCK!
GERADE HABE ICH ABER NUR ÜBERLEGT, WAS ICH MORGEN IN DIE LUNCHBOX MACHE.
VERLASS DICH AUF MICH!
SAG EINFACH BESCHEID!
HM?

WAS HAST DU DA?
DA IST EIN BLAUER FLECK!
HAB ICH GAR NICHT BEMERKT! WO KOMMT DER HER? VIELLEICHT BIN ICH HEUTE BEI DER PROBE IRGENDWO ANGESTOSSEN?
HEHE SLURP
PATT
MACH WENIGSTENS EINE KOMPRESSE DRAUF!
ぺたっ
SO!
DANKE.
DAS PRICKELT! TUT GUT!
GERN GESCHEHEN.

DU?
MACHST DU „ES" FÜR MICH?
„HEILE, HEILE..."
... „SEGEN"!

WIE SELTSAM! ES IST ANSCHEI-NEND SCHON GEHEILT!
WIE BERECHNEND DU BIST!
MH...
GNH
PASS AUF, DASS DU DIR NICHT WEHTUST.
MIR GEHT'S GUT!
IEKS
IEKS

WARTE!
STOP!!
MGH
NICHT! HEUTE MÖCHTE ICH DICH TRÖSTEN!
WENN DU MICH KÜSST, WERDE ICH IMMER SO DUSSLIG IM KOPF!
NIIIII
GNNNMMMMH
ICH WILL DICH ZÄRTLICH IM ARM HALTEN UND DICH GANZ VIEL KÜSSEN!
DRÄNGEL
SCHLIEBEDISCH
DRÄNGEL
SCHLIEBEDISCH
DRÄNGEL
SCHLIEBEDISCH
ICH LIEBE ES, DEINEN KOPF IN DEN ARM ZU NEHMEN! DEINE HAARE SIND SO SEIDIG UND DUFTEN SO GUT! SCHLIE-BEDISCH!
WAS FÜR EIN UNSINN…

FINDEST DU ES SCHÖN, IM ARM GEHALTEN ZU WERDEN?
JA.
WIE KOMMT DAS NUR?
WIESO...
ER IST DOCH SO LIEBEVOLL!
IN YORIS UMARMUNG...
... FÜRCHTE ICH MICH DAVOR, DASS DIESES GLÜCK IRGENDWANN VORBEI SEIN WIRD.

SECRET. 6

ZU BEGINN UNSERES ZUSAMMEN-LEBENS SAGTE YORI...
HEY...
DARF ICH EIN RITUAL FESTLEGEN FÜR DEN MOMENT, BEVOR WIR ZUR ARBEIT GEHEN?

BIS SPÄTER!
BIS SPÄTER!
LASS UNS AUCH HEUTE WIEDER FRÖHLICH BEI DER ARBEIT UNSER BESTES GEBEN!

MMH
AB-
SCHIIIIII-
EDS...
MMH
MMH
MMH
M
M
M
M
M
M
M
M
H!
NGH...
WIR
UNTERBRE-
CHEN DAS
PROGRAMM
FÜR EINIGE
MINUTEN.
WIR
UNTERBRE-
CHEN DAS
PROGRAMM
FÜR EINIGE
MINUTEN.
PUHAH
JETZT BIN ICH
ZUFRIEDEN!
HH
HH
YEAH!
MEIN AKKU
IST VOLLGE-
LADEN!
HMMM!
KÜSSEN
IST FANTAS-
TISCH!
ICH LIEBE
ES!!
Moonb
HH

UH?
WIE SIEHT'S AUS? HAST DU SCHMERZEN?
Moonbound
KEIN BISSCHEN! DURCH LOVE POWER VOLLSTÄNDIG GEHEILT!
OKAY…? ICH WEISS, DASS DU DIE PROBEN SEHR ERNST NIMMST, ABER DU MUSST AUF DICH AUFPASSEN!
…
IRGENDWIE HAST DU DICH VERÄNDERT.
WAS?
FRÜHER HÄTTEST DU IM SELBEN MOMENT, WO DU EINE VERLETZUNG ENTDECKST, LOSGEZETERT UND GESCHIMPFT UND MIR AUF JEDEN FALL EINE PREDIGT GEHALTEN!
Moonbound
GEZETERT UND GESCHIMPFT…
DAS IST DOCH NICHT WAHR…
FREU DICH DOCH, DASS ICH ES JETZT NICHT TUE!

NEIN!
ICH WILL, DASS DU MIT MIR SCHIMPFST!
ICH LIEBE DEIN WÜTENDES GESICHT DOCH, ES IST SO SEXY!
NGGGH
HÄH ???
ZUGEGEBEN, IN LETZTER ZEIT…
… REGE ICH MICH TATSÄCHLICH KAUM AUF, WENN YORI IRGENDETWAS ÄRGERLICHES PASSIERT.
HM? MOMENT… BIN ICH VIELLEICHT WIRKLICH EIN MASO-CHIST?

ICH WEISS, DASS BEI STARKER ARBEITSBELASTUNG UND HARTEM TRAINING…
… DIE EINE ODER ANDERE VERLETZUNG NICHT ZU VERMEIDEN IST.
AUSSERDEM KANN ICH DEINE KÖRPERLICHE VERFASSUNG JETZT AUS NÄCHSTER NÄHE IM AUGE BEHALTEN. DAS BERUHIGT MICH EIN WENIG.
OKAY!

DU VERSTEHST MICH EBEN AM ALLERBESTEN!
GNH

IST DAS WIRKLICH SO?

BLAMM
...
GUT, DASS MIKURA-SAN...
... WEGEN DEM BLAUEN FLECK NICHT WEITER NACH-GEBOHRT HAT.

KRACH
UWAH! WAS IST PASSIERT...?! ALLES OKAY ...?!
DIE KULISSE IST PLÖTZLICH UMGE-STÜRZT!
HE, WART IHR DAS?
FLITZ
AH... HE! HIERGEBLIEBEN...!

ALLES IN ORDNUNG, YORI-KUN?! BIST DU VERLETZT?
NEIN.
MIKURA-SAN WÜRDE SICH SORGEN UM MICH MACHEN...
NEIN, NEIN.
ICH WILL NICHT, DASS ER ERFÄHRT...
... DASS ICH GEMOBBT WERDE.
PUH... DIESE TYPEN SIND ECHT...
SPÄH
SPÄH
SPÄH
SPÄH
KANN ES SEIN, DASS DAS MOBBING NOCH SCHLIMMER GE-WORDEN IST ALS VORHER? ICH MUSS AUF DER HUT SEIN!
SCHT
SCHT
HEY!
UPS!
ZUCK

oking Area
WAS MACHST DU DA?
DU TUST SO HEIMLICH...
ÄHM...
ACH, NUR EIN KLEINER... SICHERHEITS-CHECK.
SPASS!
WENN DU NACH YAMASHITA UND MORIMOTO AUS-SCHAU HÄLTST, DIE SIND NICHT DA.
WEIL ICH SIE AUS DER TRUPPE GESCHMISSEN HABE.

RAUSGE-SCHMISSEN?
WENN DAS DIE STRAFE FÜR DEN BLÖDEN STREICH SEIN SOLL, DEN SIE MIR GESTERN GESPIELT HABEN...
... IST DAS DANN NICHT EIN BISSCHEN ZU HART?
ES IST JA SCHLIESS-LICH NICHTS SCHLIMMES PASSIERT...
ZACK
GRABB
GLAUBST DU...
... ICH WÜSSTE NICHTS?

SECRET. 7

GLAUBST DU...
... ICH WÜSSTE NICHTS?

ICH WEISS, DASS YAMASHITA UND MORIMOTO DICH SCHON DIE GANZE ZEIT BELÄSTIGEN.
KONFLIKTE AUFGRUND VON NEID UND EIFERSUCHT ...
... SIND UNVERMEIDBAR, WENN MAN IN DIESER WELT LEBT, IN DER ES UM TALENT GEHT.
MAN HAT MIR VON DEM VORFALL GESTERN BERICHTET.

OFFENBAR WURDE DEIN ARM DABEI EINGE-KLEMMT...
....
ZAPP
DIE BEIDEN HABEN DIE GRENZE DESSEN ÜBER-SCHRITTEN, WAS MAN DULDEN KANN.
DESHALB HABE ICH DEM EIN ENDE GESETZT.

DAS IST MEINE VERANTWORTUNG ALS LEITER DER SCHAUSPIELTRUPPE.
WERDEN SIE...
... MIT DER SCHAUSPIELEREI AUFHÖREN?
KEINE AHNUNG.

AUF JEDEN FALL STEHT FEST, DASS SIE AUF IHREM LEBENSWEG EINEN FEHLTRITT BEGAN-GEN HABEN.
ALS SCHAUSPIELER UND ALS MEN-SCHEN.
....
DAS IST DIE PERFEKTE CHANCE.

DU BRAUCHST DICH NICHT SCHULDIG ZU FÜHLEN.
DAS HABEN SICH DIESE UNFÄHIGEN UND OBERFLÄCH-LICHEN KERLE SELBST ZUZU-SCHREIBEN.
AUSSERDEM...
... WIRST DU OHNEHIN IN ZUKUNFT...
... NOCH EINE MENGE MENSCHEN BEISEITE STOSSEN.

ICH WILL UNBEDINGT SEINEN GEIST ERSCHÜTTERN.
ICH WILL IHN ERSCHÜTTERN UND IN DIE ENGE TREIBEN…
EINEN AUSDRUCK, DEN ER NOCH NIEMANDEM GEZEIGT HAT…
WELCHEN GESICHTSAUS-DRUCK WIRD ER MIR DANN ZEIGEN?
ES IST MIR EGAL, WIE SEHR ICH IHN VERLETZEN MUSS, WENN ICH DAFÜR DIESEN AUSDRUCK SEHEN KANN!

MO...
...OOOOOOOOOOMENT MAL!
ZERR
KLICK

SOWAS WIRKT BEI MIR NICHT, VERSTANDEN?!
ALS IDOL MUSS MAN SICH ALLES MÖG-LICHE ANHÖREN UND GEFALLEN LASSEN...
ICH WAR VON ANFANG AN DARAUF GEFASST, ALS ICH MICH FÜR DIESEN JOB ENT-SCHIEDEN HABE!
VER-DAMMT!
ICH WEISS NICHT, WAS SIE SICH DABEI DENKEN, SO ZU STICHELN, ABER...
... MICH IRRITIEREN SIE DAMIT NICHT, DASS DAS KLAR IST!
AUSSERDEM WEISS ICH, DASS SIE EIN NETTER MENSCH SIND, DER ANDEREN SEINEN MANTEL LEIHT!
....
OKAY, WENN ETWAS EXTREM UNFAIR IST...
... DANN WERDE ICH SCHON EIN BISSCHEN WÜTEND.

HA...
はっはっはっは
HAHAHAHAHA
DU BIST WIRKLICH EIN KOMISCHES BÜRSCHCHEN!
STAUN
OGAMI-SAN LACHT!
はははっ
HAHAHA
KICHER

VERDAMMT, DAS IST GENAU MEIN HUMOR.
?
FH
KICHER
KICHER

KASHII, HÖR AUF, IMMERZU DEINE EMOTIONEN ZU KONTROLLIEREN.
DU HAST DIR DAS ANGEWÖHNT, NICHT WAHR?
WENN ICH DEINE WAHREN GEFÜHLE NICHT KENNE…
… KANN ICH BEI MEINER INSZENIERUNG NICHT DEN RICHTIGEN KURS EINSCHLAGEN.
ICH MÖCHTE, DASS DAS STÜCK EIN ERFOLG WIRD. WIE IST ES MIT DIR?
NATÜRLICH MÖCHTE ICH DAS!
NA GUT!
DANN…

... WERDE ICH DEIN BISHERIGES ICH KOMPLETT AUSEINANDER-NEHMEN...
... UND MIT MEINEN HÄNDEN NEU GESTALTEN.

NO
SECRETS
IN THIS
BUSINESS

ICH WERDE DEIN BISHERIGES ICH KOMPLETT AUSEINANDER-NEHMEN...
... UND MIT MEINEN HÄNDEN NEU GESTALTEN.
SECRET.8

SECRET. 8

...
ANGST!
ぴぃやっ
HIAAAH!!
KYAAAAAAAH!
ZU HILFE!!
GAAAAH?!

MAN WILL MICH ER-MOR-DEN!
HEY!
HÖR ZU, WAS ICH DAMIT MEINE, IST…
JA.
…
DAS WEISS ICH DOCH!
WIRBEL
SIE MEINEN DAMIT, DASS SIE MEIN IMAGE, DAS ICH MIR BISHER AUFGEBAUT HABE…
… UM DIE ERWARTUNGEN MEINER UMGEBUNG ZU ERFÜLLEN, ZERSTÖREN WOLLEN.

PFF.
WIRBEL
WENN DU ES WEISST, DANN SPAR DIR DOCH BITTE DIESE KOMÖDIE.
TUT MIR LEID...
PUH...
DAS AKTUELLE STÜCK...
... BASIERT AUF EINER GRIECHISCHEN TRAGÖDIE.

SIE ERZÄHLT VON ZWEI PRINZEN, DEN SÖHNEN DES KÖNIGS, ABER VON VERSCHIEDENEN MÜTTERN...
... UND VON IHREM MACHT-KAMPF UM DIE THRONFOLGE.

DER JÜNGERE PRINZ, DEN DU SPIELST…
… HEGT EINEN EXTREMEN MINDERWERTIGKEITSKOMPLEX GEGENÜBER SEINEM ÄLTEREN BRUDER UND IST EIN ÜBERAUS VERSCHLAGENER UND ABGEBRÜHTER CHARAKTER.
ALSO DAS GENAUE GEGENTEIL VON…
… DEINEM ÜBLICHEN ICH, DEM IDOL „YORI KASHII".
UH…
UM DIE ROLLE ZU SPIELEN…
… MUSST DU SEINE GEFÜHLE IN DEINEM EIGENEN INNEREN REPRODUZIEREN…
… UND DEIN VERSTÄNDNIS VON DER ROLLE ALS SOLCHER VERTIEFEN.

MIT GENÜGEND ÜBUNG IST DAS KEINE SO SCHWIERIGE AUFGABE.
DU MUSST NUR ETWAS SUCHEN, WAS DU MIT DEINER ROLLE GEMEINSAM HAST, AUCH WENN ES NUR EINE KLEINIGKEIT IST...
... UND DANN DIESEN ASPEKT WEITER AUSBAUEN.
MENSCHEN OHNE JEGLICHE GEFÜHLE GIBT ES NICHT.
ALLERDINGS...
ICH ERWARTE VON DEINEM JETZIGEN ICH NICHT, DASS ES DIESE TECHNIK BEHERRSCHT.
ICH MUSS NUR MIT GEWALT EINE SITUATION HERSTELLEN, IN DER...
... UNWEIGERLICH NEGATIVE GEFÜHLE IN DIR ENTSTEHEN.

... HAT SO EIN IDOL UNVERMUTET EIN HERZ AUS STAHL UND EINE HAUT AUS ELEFANTENLEDER!
ABER MEINE HAUT IST DOCH ...
TAST TAST TAST
TAST TAST TAST
... ZART WIE MARSHMALLOWS!
DU STREITEST DICH KAUM MIT DEN MENSCHEN UM DICH HERUM, HAB ICH RECHT?
DU HAST DIE ANGEWOHNHEIT, DASS DU IMMER VERSUCHST, MIT EINEM LÄCHELN ODER EINEM WITZ...
... DIE WOGEN ZU GLÄTTEN, WENN DU EINE BEDROHLICHE ATMOSPHÄRE WAHRNIMMST.

DAS IST AN UND FÜR SICH NICHT SCHLECHT.
DAS PROBLEM IST, DASS DU DABEI…
… AUCH DEINE EIGENEN GE- FÜHLE UNTER- DRÜCKST.
MISSACHTE DEINE EIGENEN EMOTIONEN NICHT.
DAS SAGT…
… SICH SO LEICHT…
BUG
Buzz in the Park TOUR 20XX TOKYO
z in the Park
OUL. 20XX
BUG

KYAAA
KYAAA
KYAAA
KYAAA
WAAAH
KYAAA
OH MEIN GOTT!
Buzz in the Park
TOUR 20XX
D.BUG
TOKYO
EINLASS 19:00 BEGINN 20:00
Veranstalter: Tokyo M Agentur Produktion: BLUE FOX entertainment
Kooperation: NM RECORDS Kooperation: RED CHERRY AG

VIELEN DANK UND AUF WIEDER-SEHEN!
D.BUG
Buzz in the Park
TOUR 20XX
TOKYO
MEMBER

HAAAAAAAAH!! ♥
DAS WAR GENIAL!
IHR SEID JA WIRKLICH EIN HERZ UND EINE SEELE!
STREITET IHR EUCH NIE?
MIT YORI-KUN NICHT, ABER...
... WIR JÜNGEREN STREITEN UNS DAUERND!
UHUMM, UHUMM!
UHUMM, UHUMM!

ZUM BEISPIEL DARÜBER, WER BEIM ESSEN NEBEN YORI-KUN SITZEN DARF…
… ODER WER IM TOURBUS NEBEN MATSUNAGA-SAN SITZEN DARF…
GRUMMEL
DU STREITEST DICH…
… NIE, HAB ICH RECHT?
…
ICH WILL…
… MICH AUCH STREITEN.

WAS IST DENN LOS, YORI-KUN ...??!
WAAAAH, YORI-KUN! ALLES OKAY BEI DIR??!!
KANN ES SEIN, DASS DU ERSCHÖPFT BIST, WEIL DU IN LETZTER ZEIT SO VIEL ZU TUN HAST??!
KOMM, ICH TRÖSTE DICH!
ICH AUCH!
KNUDDEL
KNUDDEL
KNUDDEL
NEIN, ICH!
ICH! ICH!
KICHER
KICHER
WIRKLICH EIN HERZ UND EINE SEELE!
KICHER
KICHER

EIN KLEINER- SNACK F DAS TEAM.
VIELEN DANK, DAS IST SO NETT VON IHNEN!
HIER WÄRE ES BESSER, WENN...
WIE GESAGT, AN DER STELLE...

GNH
(YORI-KUN'S RADAR)
BIBIBIBIEP
ぴっ
BLIPP!!

MIKURA-SAN...!
TRAPP

HOLST DU MICH AB?
ICH DACHTE, DASS DIE PROBE GERADE ZU ENDE SEIN MÜSSTE…
JA.
ICH HAB AUCH EINEN SNACK MITGEBRACHT, DEN KANNST DU NOCH MIT DEN ANDEREN ESSEN.
DANKE!
ICH PACK SOFORT MEINE SACHEN ZUSAMMEN! WARTE KURZ AUF MICH, OKAY?
LASS DIR RUHIG ZEIT.
JUBEL TRUBEL
JUHUUU, YORI-KUN, KOMM RÜBER!
VIELEN DANK, MANAGER-SAN!!
JUBEL TRUBEL
KYAAA
KYAAA

VIELEN DANK!
SEHR FREUNDLICH VON IHNEN, SOGAR ETWAS ZUM ESSEN MITZUBRINGEN!
NEIN, ICH HABE ZU DANKEN!

DANKE, DASS SIE SICH SO GUT UM YORI KÜMMERN.
WIEDER ZUHAUSE!!

PRESS
WAS IST DENN LOS, YORI?
AKKU AUFLADEN NACH EINEM LANGEN TAG!
WENN ICH GANZ NAH BEI DIR BIN...
... LÖST SICH DIE GANZE ERSCHÖPFUNG IN NICHTS AUF.

KOMM MAL NACH VORNE.
KUSCHEL
KUSCHEL
KUSCHEL
KUSCHEL
KUSCHEL
DRÜCK

BIST DU HEUTE SEHR VIEL AUSGESCHIMPFT WORDEN?
UH... JA...
WUSCHEL
くしゃっ
くしゃっ
WUSCHEL
STREICHEL
なで
STREICHEL
なで
STREICHEL
なで
なで
MMMH!

PRESS
MAXIMAL-
LEISTUNG...
DRÜCK

FÜLL MEIN INNERES...
... NOCH MEHR AUS MIT DIR...

MH...
ZUCK
ZUCK
MH!
MH!
MH
MH!
GTSCH
GTSCH
MH!
AHFH!
MH
MFH!
MH!
TTSCHCK
GTSCH
HAAH
FLLLLPP
HH
AFH...
HH

LLL
NH...!
ZUCK
...! MANN! SPANN MICH NICHT AUF DIE FOLTER...!
ERWACHSENE SIND GEMEIN!
WAHAHA
NGIIIH
IST JA GUT, VER-STANDEN!
SLLP

WAS IST DAS FÜR EIN ROTER FLECK AN DEINER SEITE?
HMM...?
AH!
DEN HAT MIR OGAMI-SAN HEUTE BEI DER PROBE VERPASST!

ES GIBT EINE STELLE, BEI DER ICH IN MEINER ROLLE WÜTEND SEIN MUSS, ABER...
... ICH HAB ES MEHRMALS VERSUCHT UND NICHT HINBEKOMMEN.
DA HAT OGAMI-SAN...
WÄSCHE-KLAMMER
AU...!
WENN DU NICHT WÜTEND WERDEN KANNST, DANN SORGE ICH DAFÜR, DASS DU ES WIRST.
UND JETZT SPRICH DEINEN TEXT.
GNNNNNH
IN DIE FLANKE
ES IST EIN BISSCHEN ROT, ABER...
... ES STEHT KEIN SHOOTING AN, BEI DEM MAN ES SEHEN WÜRDE...

ES IST BESTIMMT BALD WIEDER WEG...
... ÜBERHAUPT KEIN PROB...
MIKURA-SAN...?
To be continued

NO
SECRETS
IN THIS
BUSINESS

EIN TAG MIT YORI-BÄR
VORSTELLUNG DER CHARAKTERE
YORI-BÄR BEI DER ARBEIT
MIT BRILLE
YORI-BÄR
GATTUNG BÄR/
JUNGE/ 6 JAHRE
BERUF: IDOL
MAG: HARUTO
*YORI-BÄR IST EINE SERIE AUF TWITTER
FAMILIE MIKURA
HARUTO
BERUF: ANGESTELLTER IN EINER KÜNSTLERAGENTUR
CIAO!
CHIBI-CHAN
YORI-BÄRS KLEINER BRUDER. URSPRÜNGLICH EIN STOFFTIER, IN DAS MAN TASCHENWÄRMER STECKT.
HAAAYUUU-TOOO!
HAAAYUUU-TOOO!

HAAAYUUU-TOOO!
JA?
DIB ALLES, HAYUTOOO!
DZUMM
DU SCHAFFS DAS, HAYUTOOO!
HA·RU·TO
HARUTO
DZUMM
DZUMM
HARUTO
SPIELT ER FAN BEI EINEM LIVE-KONZERT?
PIU!
ER FEUERT MICH AN!
WIRBEL
GIB MIR DIE FINGERPISTOLE!
HA

GIB MIR
FINGERPISTO
T-SHIRT MIT ZIELSCHEIBEN-AUFDRUCK
TADAAAA
...
...
IN LETZTER ZEIT KONNTE ICH TATSÄCHLICH NICHT BESONDERS VIEL MIT IHM SPIELEN…
WIR HABEN BEIDE SEHR VIEL ZU TUN.
WENN ER SOGAR SO EIN SHIRT ANZIEHT…
FH
ST

MAXIMALER GLITZER-...
PENG
...FANSERVICE!!
DZUBAMM

PENG
PENG
ENG
NG
FLATSCH
とさ
DAS HAT SO EINE WIRKUNG ...?
TOD DURCH DAHIN-SCHMELZEN
ER IST WEGGEFLOGEN...
...
ZUCK ZUCK
ZUCK
ZUCK
EIN ARZT!
WIR BRAUCHEN EINEN ARZT!
PATSCH
PATSCH
end
Nachwort
Vielen Dank, dass du bis zur letzten Seite von Band 1 dabeigeblieben bist. Ich würde mich freuen, wenn dir auch Band 2 gefällt.
K. Kanai
Bitte besucht mich auch auf Twitter.
VIELLEICHT TANN ICH JETZT FLIEDEN! ICH FÜHL MICH SO!

„No Secrets in this Business" von Kei Kanai
Aus dem Japanischen von Antje Bockel
Originaltitel: „Himitsu Niwa Mukanai Syokugyou" Vol. 1

Originalausgabe:

Original design concept by SHIMADAHIDEAKI + ARAKAWA ERI (L.S.D)

First published in Japan in 2020 by SHINSHOKAN CO., Ltd. Tokyo
German version published by EGMONT Verlagsgesellschaften mbH under license from SHINSHOKAN CO., Ltd.

Deutschsprachige Ausgabe:

verlegt durch Egmont Verlagsgesellschaften mbH
Alte Jakobstr. 83, 10179 Berlin

1. Auflage 2021
Verantwortliche Redakteurin: Manuela Rudolph
Lektorat: Lena Dilger
Covergestaltung: Wolfgang Schütte
Koordination: Angelika Schönhuber
Printed in the EU
ISBN 978-3-7704-4276-8

SUTOPPU!

**Koko wa kono manga no owari dayo.
Hantaigawa kara yomihajimete ne!
Dewa omatase shimashita!
Tanoshii hitotoki wo dozo!**

Egmont-Manga-Chiimu

STOPP!

**Das ist der Schluss des Mangas.
Fangt bitte am anderen Ende an!
Und nun genug der Vorrede,
viel Spaß beim Lesen!**

Euer Egmont-Manga-Team